后浪出版公司

LE VOL DU CORBEAU

JEAN-PIERRE GIBRAT

爱的救赎

[法] 让－皮埃尔 · 吉布拉 编绘
杜江鑫　方堃 译　后浪漫 校

CNS | 湖南美术出版社
全国百佳图书出版单位

图书在版编目（CIP）数据

爱的救赎 /（法）让 – 皮埃尔 · 吉布拉编绘；杜江鑫，方堃译. —— 长沙：湖南美术出版社，2019.11

ISBN 978–7–5356–8867–5

Ⅰ. ①爱… Ⅱ. ①让… ②杜… ③方… Ⅲ. ①长篇小说 – 法国 – 现代 Ⅳ. ① I565.45

中国版本图书馆 CIP 数据核字 (2019) 第 153594 号

爱的救赎
AI DE JIUSHU

出 版 人：黄　啸
编　　绘：［法］让 – 皮埃尔 · 吉布拉
译　　者：杜江鑫　方　堃
出版策划：后浪出版公司
出版统筹：吴兴元
责任编辑：贺澧沙
特约编辑：李　悦
营销推广：ONEBOOK
装帧制造：墨白空间 · 张　莹
出版发行：湖南美术出版社（长沙市东二环一段 622 号）
　　　　　后浪出版公司
印　　刷：天津图文方嘉印刷有限公司
　　　　　（天津宝坻经济开发区宝中道 30 号）
开　　本：635 × 965　　1/8
字　　数：24 千字
印　　张：14
版　　次：2019 年 11 月第 1 版
印　　次：2019 年 11 月第 1 次印刷
书　　号：ISBN 978–7–5356–8867–5
定　　价：76.00 元

读者服务：reader@hinabook.com 188–1142–1266
投稿服务：onebook@hinabook.com 133–6631–2326
直销服务：buy@hinabook.com 133–6657–3072
网上订购：https://hinabook.tmall.com/（天猫官方直营店）

让娜呀让娜，你的情况真是不妙！
POLICE
这是我在牢里的第一个晚上，我开始希望有人做伴。
如果我是被德国佬逮住的，那我可能已经死了。
不过我是被法国警察逮捕的，真是运气不错！还有机会……渺茫的机会！

① 二战期间，自1940年6月法国投降纳粹德国一直到1944年8月盟军解放巴黎，法国共经历了4年2个月的被德国占领时期。——本书注释均为译者所做

① 吉什公爵指法国贵族安托万·德·格拉蒙三世（Antoine III de Gramont，1604—1678），他同时也是法国著名戏剧《西哈诺·德·贝热拉克》中吉什公爵的原型。
② 法国被德国占领后出现了严重的生活必需品短缺，面包、咖啡、糖、肉类、衣物等都实行配给制，只能凭票购买，因此黑市交易频繁。

① 盖世太保指纳粹德国的国家秘密警察，是其德语简写Gestapo的音译。盖世太保由党卫队控制，在德国和被占领国家制造白色恐怖，屠杀无辜，残害反德分子，是纳粹的恐怖统治工具。

② 抵抗分子指法国抵抗运动成员。法国抵抗运动是法国人民在二战期间为抵抗纳粹德国对法国的占领和维希傀儡政权的统治而组织起来的各类抵抗运动的总称。抵抗运动的单位主要是武装起来的小组织，他们以游击战的方式进行武装抵抗，同时发行地下报纸，传递情报。

放开我！
吵什么？
您的一位客人，警长。
这是一个不幸的误会，警长先生。
我们在勒比克街抓到了这家伙，他口袋里装满了珠宝，身上有三千法郎现金，还带着几个装着古玩的包。
而这些都没能阻止他愚弄我们！
这些是我母亲的珠宝！
瞧，警长，他还嘴硬！
我向您保证，警长先生，我妈她病得很重！
她让我把这些卖掉，好支付手术费用。
她要摘除胆囊和……
和包里的这些烛台、小摆设……
这是用来装饰病房的？
今天早晨我可没心情处理这种蠢事。
把这家伙关起来！
5

进去！
咦，不敢相信，这不是小红帽吗！
你怎么会在这儿，你偷了祖母的黄油罐吗？
别烦我！
哟，发什么脾气呀！
你可以给我一支烟吧……然后我就不烦你了。
我不吸烟。
啊，对，显而易见！那我抽一支你不会介意吧？
我以为您没有烟……
哦！我没剩几支了。
我说，你是犯了什么事进来的？你看起来可不像妓女……
谢谢，说得没错！
真的，你甚至有股高雅的气质。
恕我无法对您奉还这句恭维。
谢谢，说得没错！不过，你还是没说你犯了什么事。
他们在我家找到了武器。
啊，这可不妙！
我知道，这话已经有人对我说过了。
这么说，那个警长比看上去机灵。
他不需要有多机灵，是有人告发了我……
哈，这就是当前的风气！
同样，这话也已经有人对我说过了！

① 诺曼底登陆是1944年6月6日同盟国军队在法国西海岸的登陆行动，当时有接近三百万士兵渡过英吉利海峡前往法国诺曼底。它是历史上最大规模的海上登陆作战，标志着欧洲大陆第二战场的开辟，加快了二战的结束。

我真想和她一起分享这个时刻。
我想象她靠在门框上，因为快步冲上楼梯而接不上气：
“让娜……他们登陆了！”
可怜的姐姐，但愿他们没有逮捕她！
警报响了，警长！
我又不是聋子！
我会到防空洞和你们会合。
那我们呢，留在这里？
你们？你们不会有任何危险，来的不是你们的朋友吗？
混蛋！
啊，佩尔蒂埃，我把报纸忘在桌上了……
我去拿，长官！

啊哈，我就知道您有良心！
至少给我一支烟吧！
也许这是我最后一支！
整包都给你。
谢谢。
劳烦您最后一件事……
能不能把我的外套拿过来？里面有我的打火机。那件灰的……就是搭在椅背上那件。
您真是好人。
完了吗？
是的，谢谢。
我记性太差了，佩尔蒂埃。
幸亏您腿脚快，要让您笑话了……
我还忘了拿打火机，它在我的外套里，就在办公桌旁。
不是那件在椅背上的灰色外套吧？
是的！怎么了？
佩尔蒂埃，难道……
别告诉我你……
9
别往那边，那是出口。
如果他们留下警卫守着出口，我们就会被逮个正着！

从屋顶走？您当真？太危险了！
你可以回牢房里等着他们，你还有的选。
好吧，综合各种因素，我还是喜欢有警卫守着的大门！
您一个人去表演杂技吧。
可惜的是，这个逃亡方式已经不复存在。
长官，我可没想到钥匙会在您的外套里……
他们在上面，我听见了！
我们运气不错，没有上锁！
这我绝对不行……
哦！天哪！不！我、我可不过去！
把手给我！
不，不，我头晕……您走吧，不用管我……
把手伸过来，看在上帝的分上！别往下看！
10

① 亚森·罗宾（Arsène Lupin）是法国著名小说家莫里斯·勒布朗笔下的一个侠盗。他头脑聪慧、风流倜傥，很有女人缘，特色装束是黑色礼帽、单片眼镜和手杖。

只有两米……
您疯了？您这是自杀！
来，跳！
我不行！
我宁愿回去。
那我就把你留在这里喽！

哎哟！
我、我好像扭到脚踝了……
不会吧！来，站起来，我们不能在这里停下！
瞧，这没什么了不起的！
我得对您说，我不能走路了！而且我把鞋跟弄坏了。
这一切都是您的错！哈，这真是个好主意，从屋顶逃跑！
真是谢谢您！万分感谢！没有您，我不知道自己会怎么样！
没有我，你还在牢房！好了，请你冷静一点。
与其说这种蠢话，你还不如试着站起来！
最令人无法忍受的是，这话不假！
哎哟！您弄得我更疼了！
该死，怎么会这样！
好像下雨了。
真是屋漏偏逢连夜雨！一下雨，地就更滑了！
我就待在这里，我再也不要动了！
你扶着我……
我们得找个角落避雨。
13

① 圣旺（Saint-Ouen），位于巴黎市区北方的一个城市。
② 热讷维耶（Gennevilliers），位于巴黎市区西北方的一个城市，是大巴黎地区最重要的内河港口区。

① 戴高乐主义起源于二战时期，是抵抗纳粹德国对法国的占领的代名词。戴高乐主义者坚决拥护戴高乐将军的政治主张，和法西斯主义斗争到底，反对法国维希傀儡政府。

总之，您喜欢从老实人那里偷东西！这倒也是一种理想，只不过有些可悲。
哼，理想就是为了可悲而可悲的！因为正是可悲造就了理想的价值，没有人愿意捍卫它就是它的价值所在！
因为被人们嫌弃的理想才会变得人畜无害，而对那些所谓的伟大理想，我会像警惕瘟疫一样警惕它们。
它们以发动人民为开始，以屠杀人民为终结！
这就是理想的污点！
看，就在刚才，你的同伴为了解放我们，往我们头上丢炸弹！他们还要干更妙的事……
这些都给自由带来了令人望而生畏的代价！
所以相信我，还是做坏事好，不过要适可而止，要当一个有良心的手艺人。
这样比不惜一切代价做好事的损害小多了！
您说的话太荒谬了，而且这样说很容易！您在混战时袖手旁观，拒绝参与其中，比起追求某种理想，先生您更愿意选择麻木不仁、无动于衷！因为这样要舒服得多！
这的确可能更舒服，但至少我那些狭隘的小伎俩没有杀死过人！
我也没有！
呵，走着瞧吧！
16

那您呢？您哪天被事主发现正双膝跪在他的保险箱前，
我很确定，您不会对干掉他有一丝犹豫，就为了保存您那小小的自由！
绝对如此！
啊，但这不可能发生！
是吗，
为什么？
因为无论如何，我都不可能和事主面对面！
哟，那可真不错！
这又是为什么呢？
这是我的小秘密。
此外，您还理所当然地占了最好的位置——最避风的地方。
哦，我愿意把它让给你，同志！
雨踌躇着，时下时停，最后终于还是止息了。我的伙伴令我恼火，
他竟然已经睡熟了。让我陷入进退维谷的境地并没有使他产生任何顾虑，
完全没有妨碍他的睡眠！夜移动着它的脚步，一轮朦胧的圆月警惕地
映照出我们两个流浪者的剪影。
我旁边的人坐在那里一动不动，像个摆设。他甚至开始发出鼾声，那么
低沉，那么惬意。对他来说，这只是做坏事的人的一次小小的露营活动。
而我，我在这里做什么呢？！

我一夜没合过眼！我有种感觉，如果我睡着了，我就会不可避免地滑下斜坡，掉下床去——一张高达25米的床。
她还是睡着了。
小姐今天心情怎么样？
不下雨了吗？现在几点了？
现在不是赖床的时候！好点了吗？
什么？
你的脚踝？
我想还好，我不觉得疼了……
哎哟！不，比昨天更糟。
那可麻烦了！
全肿了，我都不能让脚着地了。
啊，干得漂亮，红军小姐！
红军会给您颜色瞧的！

天哪，我怎么会带着个拖油瓶跑路？
真是有趣，自从您跟我踏进同一间牢房，我就知道我受不了您。
单是这种对所有人都以“你”相称的说话方式就令人难以忍受。
既然我认识你了，我就告诉你，我对谁都是称“你”的！真不知道我还在犹豫什么，干吗还不扔下你！
哦！别在意，您脱身吧！走吧，一路顺风，我一个人也没问题的！
你敢再说一遍吗？
光是想到不用再看见您，我的脚踝就好了很多！
好极了。
他真走了，这个混蛋！
哼，就让她和她的烟囱待在一起吧！反正她用一只脚就能脱险，另一只根本不需要！

① 朱可夫（Georgy Zhukov，1896—1974），苏联元帅，著名军事家、战略家，领导了二战苏德战场上多场关键战役，功勋卓越，被公认为二战最优秀的将领之一。

给，这是你的吧，你把它留在警长的办公桌上了！
啊，谢谢！您为了这个回来的吗？
是的，不应该吗？
你可以确认一下，我没有拿走钱。
我也有些长进的。
请问，那个……在警长的办公桌上，钱包的旁边……
有一张假身份证和一张配给证……您没有拿吗？
哦，我承认我当时实在没有时间做其他杂务了。
如果它们还留在办公桌上，那么我姐姐就会被捕！
别担心！我猜那些假证件上没有她的名字，也没有她的地址，她不会有危险！
这就是问题所在，假证件上面写的就是她的地址。
那些是给她男朋友准备的，她男朋友要来投奔她。
这么说来你担心得没错，这对你姐姐来说真是大事不妙！
你姐姐大概就是你钱包里那张照片上的人吧？
原来您翻过钱包了！
我是说过我有些长进，可没说过洗手不干了！
21

我得承认我无法理解您，不过这和我的脚踝不相干。您先是把我扔在了屋顶上，然后又给我拿回了我的证件……
您不是一个容易琢磨的人！
这是飞贼的首要素质！好了，现在我来抱你。
您当真？
如果你更喜欢反着来的话我也没意见。
现在得找个开口的地方下去。
我们只能不请自来了。
这一对看上去挺老实的！
坐在沙发上那个也是，看上去也挺老实。
哎呀，那还有条狗呢！
我不知道那条狗是什么品种，不过它很强壮。
而且我通常很小心公寓里的狗，因为它们总是想找机会一展身手。
好，很明显，这里没有狗。就是这里了。
22

可我不太会和老爷爷打交道。
而且他鞋子下面加了保护地板的垫布，这可不是什么好兆头！我们撞上了爱发牢骚的乖僻老爹，他是那种连自家孙子上门拜访都讨厌的类型，至于对我们，可想而知……
我倒觉得他应该挺好说话。
是吗？怎么看出来的？
瞧他盯着拖鞋走路的样子活像个木头人。
好了，我们又不是去别人家里过圣诞！选一个您喜欢的吧。
不管是小老头还是大狗都行，快选一个！
好好！先冷静下来。
选唠叨老爹好了！别走开，我五分钟内回来找你。
行了，搞定！
23

我告诉过您，他不难说话。
不难才怪！他想把我们交给德国佬。
他在哪儿？
角落里，他睡着了。
您把他打晕了？
老年人总是难以入睡，算是帮他的忙！
真可惜，要不是我们赶时间……
像他这种面色阴郁的小老头可不只有尖酸刻薄和猫尿味……
还有藏在糖罐中的金路易和藏在衬衣堆下的俄国公债的味道。
要不就是在帽盒里藏着些纸票！
一无所有，他比我想的更狡猾！
你把钱都藏哪儿了，老爹？别装睡。
您还要忙多长时间？
TOC TOC TOC
咚 咚 咚

克罗东先生不在吗？
呃，他还在睡！我们昨天晚上给他庆祝生日，睡得很晚……
是有关他的脚踏拖车……他儿子把它停在下面堵着门口，我都没法把我家的垃圾箱拖出去了。
为这种小事不用叫醒我叔叔，我来解决。
您是布律诺吧？
对。
那位小姐是若塞特？
完全正确。
您好，夫人。
这么说，你们从布列塔尼来得比预料中的要早。
是的。
你们肯定对自己说："我们要给叔叔来个惊喜。"
正是。
他一定特别高兴见到你们，而且非常惊讶。
没错，就是这样！
您的夫人怎么扭伤了脚踝？我猜是下火车时不小心吧？
正是如此，真够笨的。
是他们把台阶造得太高了！
但凡有点责任心……
我们不必为这些问题担心，因为她全都自问自答了。
以我的名义去看里珀先生吧！他是接骨医生，可了不起了！拉马克街十号，巷子尽头。
你们不用担心，我会对你们叔叔讲脚踏拖车的事的。
当然，可能你们在他醒来之前就回来了。
不一定呢……

VINS FINS
VINS AU LITRE
CAF
BAR
好了，现在我们有了车子，我该把你送到哪里？
我得通知姐姐，这是当务之急。
你不如叫我直接把你送到警察局。照你所说，条子应该已经守在你姐姐家了。
还是先给你找个藏身处，再看我们可以为你姐姐做些什么。
藏身处？您真有意思，和先前有天壤之别！
听着，我不打算麻烦您很久……
把我放在咖啡馆或者广场，我会自己想办法的。
可是你还不能走路，宝贝儿！
好了，我有个小小的主意，让我来吧。
我有的选择吗？
26

你不讨厌山吧?
啊，您想骑脚踏拖车把我带进阿尔卑斯山吗?
为什么是阿尔卑斯山? 我想的是喜马拉雅山。
真好笑。
不管怎样，以我现在的状况，他想把我带到哪儿就带到哪儿吧!
小时候我梦想着成为灰姑娘，现在我离这个梦想近了一步——我已经失去了一只鞋! 不过，这次是一个占领时期的童话。
闪闪发亮的华丽马车变成了破破烂烂的脚踏拖车，迷人的王子成了城郊的痞子，可是现在还不到八点! 我不禁忧虑起午夜的十二下钟声……
MERCERIE LINGERIE

① 大西洋壁垒是二战期间纳粹德国用来防止盟军从西线登陆欧洲大陆的军事设施。该防线自挪威海岸北部绵延至法国和西班牙边界，长达2700公里，被希特勒称为不倒防线，但最终在诺曼底登陆中被盟军击溃。

我在船舱里醒来。这里光亮得像皮鞋，整洁得像瑞士小木屋，大得像抽屉。
欢迎来到“喜马拉雅号”。这小小的晕眩，小姐不必担忧，是因为海拔的关系。
小姐就把这里当成藏身处吧。
其实这也是我的藏身处，呵呵……
不过我只是为了喝口酒！小姐也来一点吗？
不用了，谢谢。
趁于盖特这恶婆娘转身的时候，我得好好利用机会！因为您会发现，对她，您得忍着点！
要知道，她是个好人，但是她整天唠叨个不停，让我晕头转向。
这么说，您喝酒是为了能清醒些？
就是这样！小姐确定不喝一口吗？
是的，小姐很确定！
瞧，大人物来了！我给您介绍我的儿子，尼古拉。
妈妈找你有事！
我怎么一点也不意外呢！

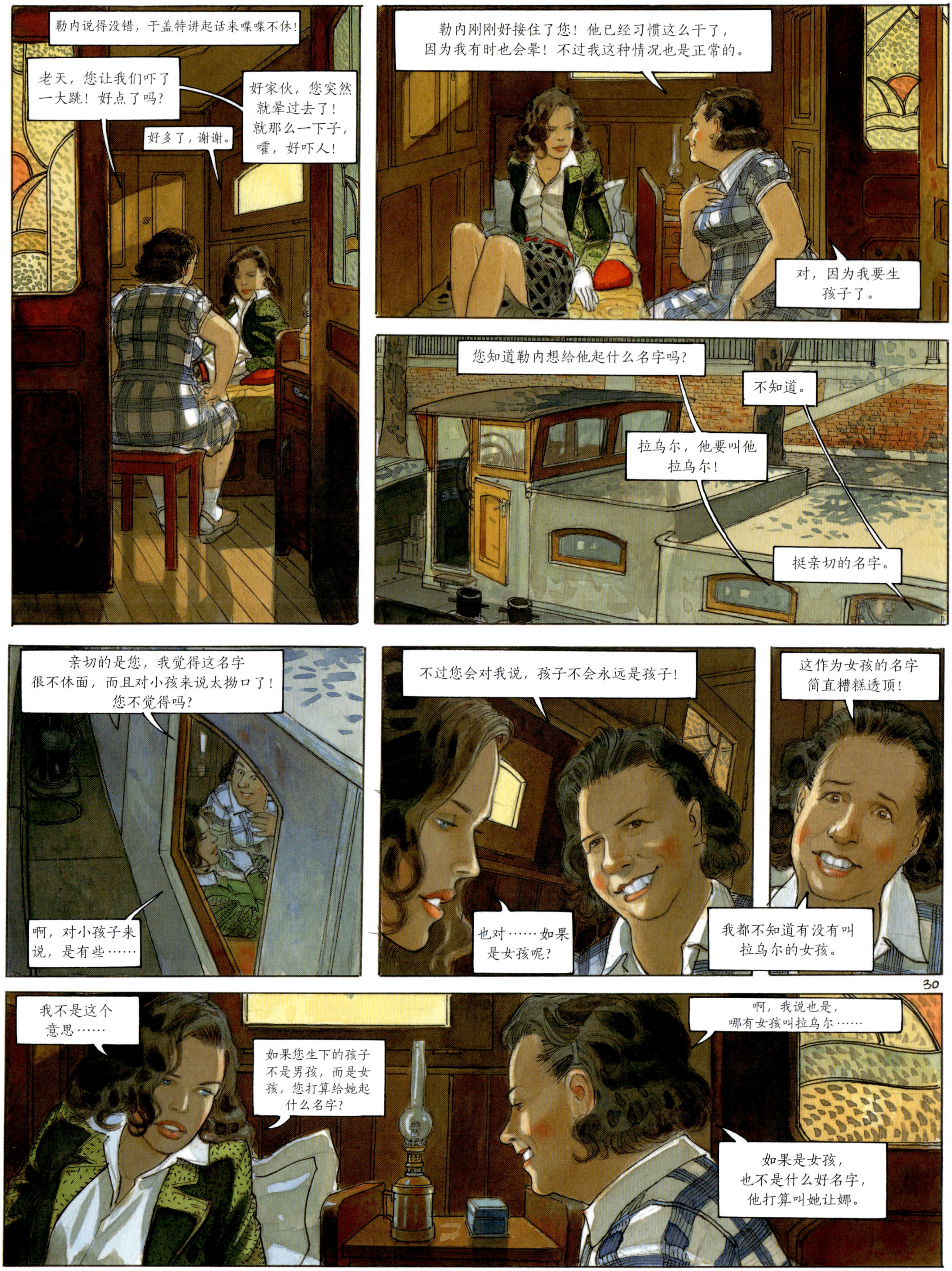
勒内说得没错，于盖特讲起话来喋喋不休！
老天，您让我们吓了一大跳！好点了吗？
好多了，谢谢。
好家伙，您突然就晕过去了！就那么一下子，嚯，好吓人！
勒内刚刚好接住了您！他已经习惯这么干了，因为我有时也会晕！不过我这种情况也是正常的。
对，因为我要生孩子了。
您知道勒内想给他起什么名字吗？
不知道。
拉乌尔，他要叫他拉乌尔！
挺亲切的名字。
亲切的是您，我觉得这名字很不体面，而且对小孩来说太拗口了！您不觉得吗？
啊，对小孩子来说，是有些……
不过您会对我说，孩子不会永远是孩子！
也对……如果是女孩呢？
这作为女孩的名字简直糟糕透顶！
我都不知道有没有叫拉乌尔的女孩。
30
我不是这个意思……
如果您生下的孩子不是男孩，而是女孩，您打算给她起什么名字？
啊，我说也是，哪有女孩叫拉乌尔……
如果是女孩，也不是什么好名字，他打算叫她让娜。

那个勒内特别善于起一些愚蠢的名字。
我可能没有资格评价，因为那是我的名字。
哦！对不起！
这个名字很衬您。
我不知道这是不是恭维……
啊，当然！我总是这么说：“名字就像帽子，要看搁在什么样的脑袋上。”就以我的嫂子来说……
真的，于盖特的确让人晕头转向。
这么说来，您参加了抵抗运动！这可不省心！
不过眼下我也一样，让我不省心的是我们家老大！他老是找我的茬儿！原因很简单，他继承了他爸爸的性格……
而那个勒内也不比他儿子强多少，我简直无法跟他说话！比如昨天，他在大太阳底下干活，我对他说：“勒内，你糊涂啦，快把帽子戴上！”您知道他是怎么回嘴的吗？
我不记得勒内的回答是什么了，我大概在那时睡着了。

① 里夏尔勒努瓦大道（Boulevard Richard-Lenoir）是巴黎11区一条历史悠久的大道，圣马丁运河从其下流过。

你觉得我可以单脚骑脚踏拖车吗？
您疯了吗？您想去哪里？
我必须去通知一个人。弗朗索瓦什么时候回来？
这个嘛，可能一小时之后，也可能一星期之后！
真不错！
HIMAYAYA
不过我可以带您去。
不行，这太危险了！
要通知的人是她吗？
对。
哇，她真漂亮！她是谁？
是我姐姐。
如果您愿意，我可以骑脚踏拖车把您带到您姐姐家。
我不想把你牵扯进来！
您不用担心，这多有意思啊。
这可不是游戏，尼古拉！
33

王冠街这地方是个上坡，想想看，您竟然打算用一条腿蹬车，哈哈！
但愿那个懦弱的警长不在那里！运气好一些的话，他可能已经不管我们的事了，毕竟美国人离这里只有不到二百公里了，他应该没有这份闲心……
可是，他会不会已经把文件交给德国人了！
CREME ECLIPSE
TABAC
我们快到了！我忐忑不安，一圈圈转动的车蹬像绞绳一样拧着我的胃。
这栋楼没有被监视的迹象。
这不能说明什么！警察可能守在里面。
听着，您在那边等我，我会悄悄上楼，到门口听听动静，从锁眼里偷看，然后下楼给您报告情况！
我再说一遍，这不是游戏！我不清楚这样是不是明智。
您不用担心！
让我去吧。

五分钟内我就能回来……
和您姐姐一起！
DOCT
MON
CHIRUR
DENTISTE
牙医
你找谁？
出示你的证件，小孩！
35

他在干什么？！
已经过了二十分钟了！
我不该同意让小家伙
代替我上楼的！
他一定发生什么事了，
现在已经超过一个小时了！看来，
警察就在楼上！
我不能留在这里！
就算他们抓住了小家伙，
我也帮不上他什么忙！
不，我不能就这么抛弃他！
我差点失去理智……
我该去看一下发生了什么！
那位夫人没有付钱就离开了？

尼古拉，你之前在干什么？你吓死我了！
德国佬的确在您姐姐家……他们在我刚要下楼时抓住了我。
这么说他们又放了你？你对他们说了什么？
说我是去看牙医的，不小心走错了楼层。我进楼之前看到了牌子……
小声些……然后呢？
然后，他们并没有真的相信我！拖了这么长时间，是因为后来他们和我一起下了楼，去了牙医那里……
糟糕！
可不是吗！
幸好我有三颗蛀牙！那个牙医还把我斥责了一顿，说我怎么不早些来。
所以，不刷牙是有好处的！
我没法专心听尼古拉讲他的补牙遭遇。
他给我带来了我不敢正视的最坏的判决，就像令人害怕的诊断书，上面写着：我的姐姐在德国人手里。
我们走出咖啡馆的样子好似走出医院……现在还剩获得消息的最后一丝希望，那就是涌泉街的书店——我们的秘密通信处。
BAR TABAC

组织会把讯息夹入一本装帧豪华的书里，而这本书的书名——《漫步卢浮宫》——是如此无害，以至于完全无法和其所扮演的反叛角色联系起来。
NATIONALE
我寄希望于这最后一根稻草：在《蒙娜丽莎》和《花边女工》两幅名画之间找到姐姐留下的简讯。即使只有几个匆匆写下的字，我也能一眼认出她的笔迹，然后放下心来。
METRO
就是这里。
对，不过继续骑，千万不要停下。
知道。
糟糕，我们得赶快回去。我和老爸说我们只是出去逛一圈，可现在已经过了两小时！我一定会被狠狠抽一顿！
尼古拉刚才还在无畏地面对盖世太保，而现在他却为即将面对父亲的暴怒而发抖！这个最新发现比把他卷入我的事件里更让我感到良心不安。
38
尼古拉，你知道现在几点了吗？我们急得像热锅上的蚂蚁！你们去哪儿了？
去看牙医了！
HIMALAYA

尼古拉史诗般的历险逗乐了所有人，除了他妈妈，于盖特边听边不断用“我的老天啊”给叙述增添效果。饭快吃完时，一桌人都试图安慰我，就像面对重病患者时大家都谎称他面色不错一样。弗朗索瓦列出一堆令人安心的推测。
依我看，如果德国佬守在你姐姐家，那说明他们还没抓到她，你别担心！
至于关掉的书店……说不定老板出去钓鱼了，或者……
到街角的小酒吧去了。
啊，对！如果你不在船上，我才不担心，我知道你去了哪儿。
对了，我忘了米歇尔！
谁是米歇尔？
组织里的同志，我也得赶紧通知他。
您别着急，我明天带您去！
啊，当然不行！你怎么还没睡？去，上床睡觉！
别忘了刷牙！
我负责带你去见米歇尔。还有其他什么人要通知的吗？
没了，算上我姐姐，我们已经有三个人了。在我们组织里，每个同志只认识其他两个人——上线和下线。这是出于安全考虑。
这个米歇尔住哪里？
我不知道。
哈！好，那我可省事了！

不不，我知道他工作的地方，他是检票员。
地铁的？
不，是在公交车后面的平台上。
明天早晨，只要到货物集散地那边的戈布兰挂毯厂前面守着就行了。
然后被盖世太保逮个正着？
你想，德国佬可能会和我们做同样的事！
嗯……弗朗索瓦说得没错！
小姐不知道他的线路号码吧？
知道！
好啊，那只要给他打个电话就可以了。
什么呀，是他的公交车线路号码！
哦！
尼古拉把他的舱室让给我，自己睡到了船头的小隔间里。弗朗索瓦则又离开了，用他委婉的表达方式来说，是去“拜访”别人了……
起风了，法国梧桐的喧哗盖过了邻舱渗透过来的低语声，我只能听出只言片语……
我那个打电话的主意没那么离谱吧。
睡了，于盖特！
已经凌晨两点了，我还没睡着。我一闭上眼睛，脑中就浮现出在肮脏阴暗的盖世太保的监狱中，姐姐不知所措的脸。
还有另一个思绪萦绕着我，使我感到一阵阵的惭愧，那就是我曾有一秒钟想丢下尼古拉，让他自生自灭。总之，我可能并不比告发我的混蛋好到哪里去。
40

清晨，在雷奥米尔街边的长椅上，我们期待着米歇尔的车经过。等了三个小时和九辆公交车之后，我们依然守候着想象中他在车后平台上的身影。
我们会暴露的，对面的鞋匠开始用奇怪的眼光看我们了。
可不是，公交车从我们鼻子底下经过，而我们却不上车……我们应该换个车站，这样比较明智！
你确定这是正确的线路？
我确定。
我担心德国佬已经在我们之前抓走了你的米歇尔。
是他。
让娜！你在这里做什么？

有人告发了我们，米歇尔！
你说什么？
我告诉你，我们被出卖了！
我想通知姐姐，可是盖世太保已经在她家了……
见鬼！马蒂尔德被捕了？
就怕是这样！我好害怕，米歇尔。
你也没有她的消息吗？
没有，什么也没有！但她可能在通信处留了纸条。
书店关了，我昨天去过……
好吧……别慌……你有藏身之处吗？
目前有，你呢？
不用担心我！
我能找到一位同志帮我躲几天。
你的脚是怎么回事？

① 东京（Tonkin）是法国殖民越南期间对越南北部大部分地区的统称。

① 帕西桥（pont de Passy）是比尔阿克姆桥（pont de Bir-Hakeim）的旧称，它是一座横跨塞纳河的高架桥。

情势所逼，行事必须谨慎，因此勒内在夜间完成了他小小的交易。
与其把船开来开去，当时你还不如骑车去运你那些钢板！
谢谢了，你没看见这有多重吗？你让别人出力倒很慷慨！
勒内说得挺对，有时候搬琴凳不如搬钢琴。
快拌水泥吧，别净说聪明话！
说实话，勒内……昨晚，我一直在思考您对米歇尔的指控……
恕我冒昧，可是……您的推测站不住脚。
他不会以涉嫌黑市买卖的罪名告发我。
说得对！
我坚持认为是小姐的恋人干的！
他不喜欢认错！
她说得有理，勒内！
让娜明明在床下藏了武器，为什么米歇尔还要编出什么黑市猪肉制品的故事？
这正是他的狡猾之处——混淆视听……当心水泥，你差点弄脏了驾驶室的底座！

我刚才说到哪儿了？啊，对！如果有一天，您的米歇尔要被带去问话，而您是由于香肠火腿什么的被捕的，这就给他开脱了叛变的嫌疑……您明白我的意思吗？
而如果他是告发您参与了抵抗运动，那么一旦解释起来，他自己也难逃干系。
不管怎样，他是在首批嫌疑人之列……
我一点也没懂！你把什么都搞得很复杂，我可怜的朋友。好了，别想了，小姐！
开什么玩笑，于盖特，这可不像雨伞那样容易忘记！
好，我再也不说话了！
该死，现在你又把水泥滴到了我鞋上！
你水放太多了！
你确定你砌直了？让我检测一下！
于盖特，你看到我的铅锤没有？
我说过我再也不说话了！
行啦，别板着脸嘛。
来，给我们拿瓶玫瑰红葡萄酒，我们该歇一会儿了！
这次算你找了个理由。
46

① 黄色工会（yellow union）指与资方妥协或被资方收买的工会，和拥护社会主义的红色工会对立，不允许工人用罢工等方式对抗雇主，后来用以指代叛徒。

我们在大奥古斯坦码头过了夜。清晨，其他早起的驳船搅起的水波轻轻摇醒了我们还在酣眠的船，它发出嘎吱嘎吱的抱怨声。
弗朗索瓦刚完成夜间的拜访回来，他就像一位专业治疗财富过剩的好医生，从不计较出诊时间。
你刚工作完回来？这可对你的健康不利！
HIMALAYA
怎么样，有消息吗？
没有，什么也没有。完全不知道米歇尔的动向……
无论如何，我不能在这条驳船上等待战争结束，就像花瓶一样。
我这样是找不回马蒂尔德的！
那你想怎么做呢，我可怜的姑娘？你还不能走路。
听着，明天我去打探一下。
我去坐米歇尔那趟公交车，他可能已经回去上班了……

① 阿西西的圣弗朗索瓦是意大利语 San Francesco d'Assisi 的法语音译，中文通常写作阿西西的圣方济各。圣方济各（1182—1226）出生在意大利中部小城阿西西，是天主教方济各会和方济女修会的创始人，是动物、商人、天主教教会运动以及自然环境的守护圣人。

②《时尚和手工》(*Modes & Travaux*）是1919年开始在法国发行的女性杂志，主要刊载关于时尚、穿搭、烹饪、装潢等方面的文章。

① 弗朗索瓦在用塔罗牌为让娜占卜。塔罗牌的22张大阿卡纳（大牌）中第12张是“倒吊人”，牌面描绘了一个双手被缚、单脚倒挂的男子。后文提到的是第13张牌“死神”，大牌中唯有这张没有在牌面上写明牌的名字，所以又叫“无名牌”。

瞧啊，这再明显不过了！你先抽出了教皇，随后又抽出了皇后。
是的，所以呢？
抱歉，我不记得有叫这个名字的皇后！
就是拿破仑的妻子啊，你不知道吗？
她不是叫约瑟芬吗？
你说的是她的中间名，也是她更喜欢的名字。
所以，历史上唯一一位受教皇祝福过的皇后就叫马蒂尔德！令人无法忽视的巧合，你不觉得吗？
她靠着卖弄风情，强迫宫廷接纳这个名字，但事实上，她叫马蒂尔德·德·博阿尔内。
你人真好，绞尽脑汁想出这些，但是你运气不好，我姐姐的真名是塞西尔，马蒂尔德只是她在抵抗组织里的化名……
HIMALAYA
牌飞走了，我猜这也蕴含了什么意义吧？
没错，这说明千万不能放弃希望！你瞧我，我以前一直认为你永远不会用“你”来称呼我呢。

亲爱的塞西尔，如果你收到了这封信，那得感谢弗朗索瓦，一个很特别的人，一个平凡正直的公民——虽然从某种意义上讲他既不怎么平凡又不怎么正直。我们俩成了好搭档，这是镰刀和撬棍的同盟……
多亏了他，我在“喜马拉雅号”上是安全的。至少，我是这么希望的……
事实上，他这时候还没回来有点奇怪。
平生第一次，我为他感到担心。
我看见了他香烟腾起的红色微光，看来一切都好！
我不知道他有没有“钓到大鱼”，但至少“渔夫”回来了。
尽管我很清楚，根据塔罗牌的占卜，我不该为马蒂尔德担心，但是对于塞西尔呢，我还是没法不担心。
52

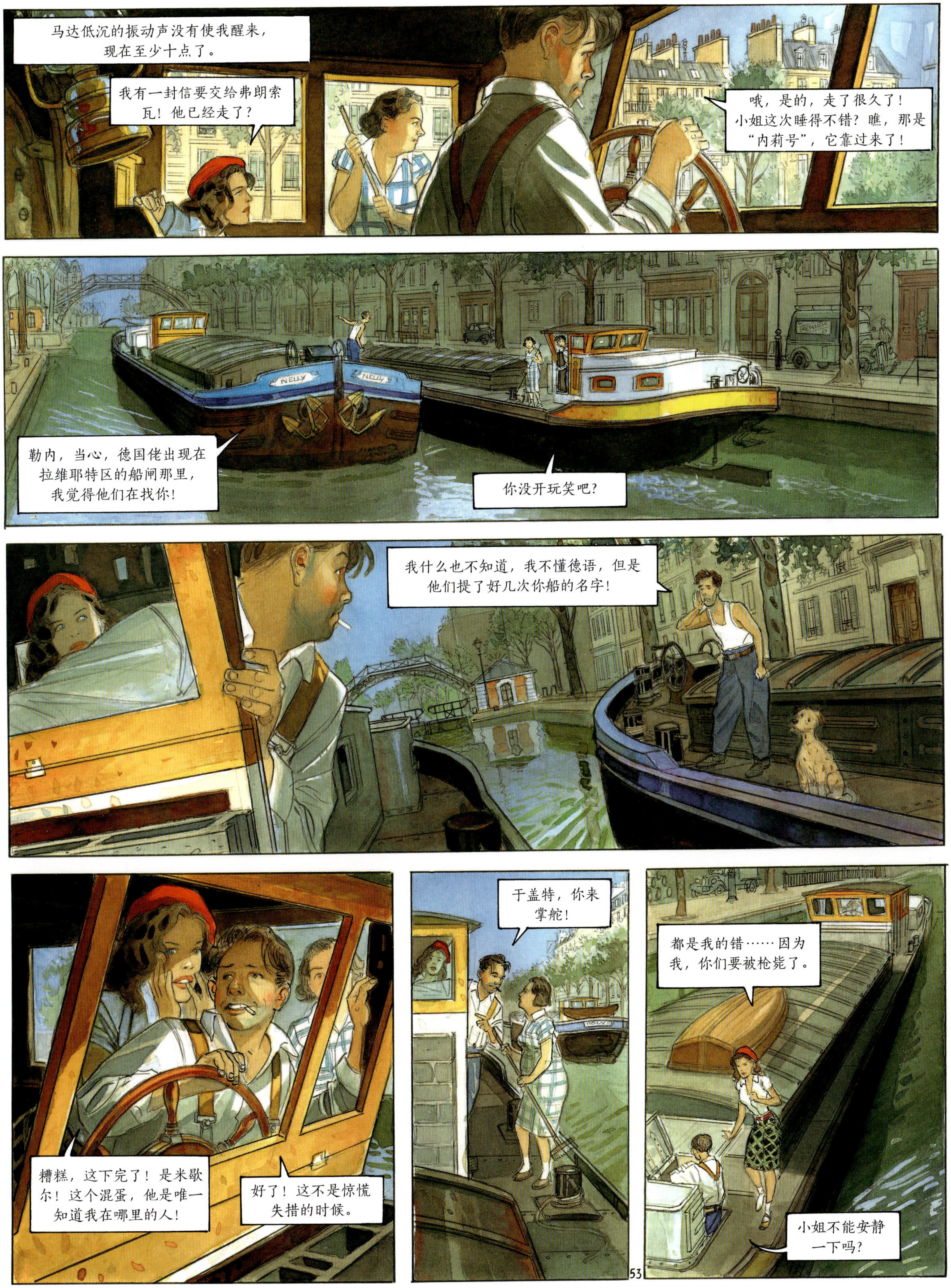
马达低沉的振动声没有使我醒来，现在至少十点了。
我有一封信要交给弗朗索瓦！他已经走了？
哦，是的，走了很久了！小姐这次睡得不错？瞧，那是“内莉号”，它靠过来了！
勒内，当心，德国佬出现在拉维耶特区的船闸那里，我觉得他们在找你！
你没开玩笑吧？
我什么也不知道，我不懂德语，但是他们提了好几次你船的名字！
糟糕，这下完了！是米歇尔！这个混蛋，他是唯一知道我在哪里的人！
好了！这不是惊慌失措的时候。
于盖特，你来掌舵！
都是我的错……因为我，你们要被枪毙了。
小姐不能安静一下吗？

只要他们找不到小姐，
就没有人会被枪毙！
小姐快钻到锚链舱里去，我不信会有人想到搜查这里面。
热尔博先生吗？
正是本人。
我们在等您！
我倾听着头顶靴子走动的声音，紧抓着潮湿又油腻的连接着船锚的链条，因恐惧和不适而动弹不得。我等待着钢板被打开时那标志性的喀啦声……
以及令人目眩的手电筒光和发现我的士兵的叫喊……于盖特说得对，参加抵抗运动可不省心！
54

第一卷完

HIMALAYA
HIMALAYA

① 蒙索莱米讷（Montceau-les-Mines），法国东部城市，属于索恩-卢瓦尔省。

让娜，
还好吗？
啊，弗朗索瓦！
你总算来了！
上面发生什么了？
后来我什么动静也
听不到了。
还好，你可以出来了，
他们几乎算是都走了。
你的脚踝看起来好些了！
是的，我觉得还有些疼，
但是我可以让脚着地了。
这是今天的
大好消息。
坏消息是，我们被一个德国佬
缠上了！
这下可糟了！
他们要“喜马拉雅号”
运送什么东西。
问题是，他们留下了一个
哨兵监视装卸。
该死，我不能
再留在这里了！
这太不明智了！
相反，应该留下来。
目前，这对你来说可能
是最安全的地方！
你藏在这里就像藏在德军司令部一样。

① My Fräulein 是英语和德语的混合，意思是：我的夫人。

① 斯特拉斯堡（Strasbourg），法国东北部边境城市，与德国隔莱茵河相望，通行法语和德语。历史上，德国和法国曾多次交替拥有对斯特拉斯堡的主权。

② 斯特拉斯堡属于阿尔萨斯地区，因此当地居民被称为阿尔萨斯人。

① 法国于1916年开始实行冬令时制，即从每年10或11月到来年4月，时钟比夏季拨慢1小时。二战期间法国取消了冬令时制，1976年恢复。

他觉得水有味道，问有没有别的喝的。
好吧，告诉他，水有味道，酒有价钱！
十法郎一瓶！
说真的，你们究竟去蒙索莱米讷运什么？
不知道，还是少知道点好！
也有可能他们对你说过了，你却心不在焉！就像这个水泵，两天前我就叫你修一下漏水的地方，而你却……
于盖特，你烦死了！
你看，这份文件上什么也没说，除了蒙索莱米讷、B码头。
不过，那个蠢蛋应该知道！
很可能。
不过我可不会去问他！

① 约讷河是塞纳河的支流。约讷（Yonne）同时也是这条河所在的省份的名字，该省位于巴黎的东南方。

① 东线战场指二战期间柏林以东的战场，其中最主要的是苏联战场。
② 1942年6月到1943年2月发生了人类历史上最为惨烈的战役之一——斯大林格勒保卫战。这次战役以苏联战胜纳粹德国告终，是二战东线战场的转折点。

弗朗索瓦！
已经起来了？
不如说我一夜没合眼！
这一定是因为乡间清新的空气，如果还没适应……
怎么可能，这都是因为那个阿尔萨斯人！是他还没适应苏联战役的空气！
他完全疯了，大半个晚上都在怪叫。
我都要吓死了，生怕他突然闯进到我的舱里！
我觉得，如果你在船上的话，我会镇定一些。
今天晚上，你……呃，你有事吗？
怎么？

就是……如果你能睡在驳船上话，我会安心一些……
啊，我明白了！
不过，这只是让你安心，还是能让你高兴？
不如说如果你让我安心，我会很高兴……
太可惜了，我正好相反。如果这让你高兴，我会很安心！
瞧，于盖特上岸了。
我可怜的孩子们，我经历了一个什么样的夜晚呀！我们的阿尔萨斯人是个彻头彻尾的疯子，而且是个下流的疯子！实在太可怕了……这次你有了一辆摩托？
昨晚得来的。
哇，它可真漂亮！
瞧，让娜，这是给你的！现在你已经可以像兔子一样蹦蹦跳跳了。
谢谢，弗朗索瓦，它们棒极了！看来你在高档区工作呢……

① 指可再生票，和配给证结合使用，都是法国配给制时代的产物。

在书店门口停下之前，你先在街区绕一圈，也许会发现可疑车辆。
你不希望我替你去吗？
如果杀子在店里，我更有可能觉察到！
你发现什么了吗？
没有，什么也没有。
你确定你不想让我去？
是的，等在这里……别熄火。

① 卡昂（Caen），法国西北部城市，属于诺曼底地区，在诺曼底战役中遭到严重摧毁，几乎成为一片废墟，后重建。
② 利摩日（Limoges），法国中西部城市，是法国中部重要的工业城市和交通枢纽。

怎么样？
快走！你能载我去小教堂站吗？
你有塞西尔的消息了？
有就好了！所有人都放弃了塞西尔，不管是米歇尔还是组织！他们想到的最好方法就是把我送去利摩日……
我才不会让他们在利摩日见到我！弗朗索瓦，你得帮我。
我不能再坐以待毙了，我得知道她被关在哪里！
别乌鸦嘴！现在只有一个人能告诉我们答案，那就是指控她的检察官！
如果是在德国呢？
好，我同意，所以呢？
所以，只要去拜访他一下……
然后翻一翻他的文件，如果运气够好，我们就能撞上塞西尔的卷宗。
啊，我同意。干这种事想到了我，你人真好！
你知道检察官住哪儿吗？
呃，不知道，这是个问题。
也许有人可以告诉我们，如果我赶紧走，应该可以在正午前逮住他！我把你放在这里可以吧？小教堂站就在前面。
我们一小时后在沙罗纳地铁站碰头。对了，你去小教堂站干什么？
我和米歇尔有约。
小心。

“小心”，这两个字让我忐忑不安。我登上地铁站的楼梯，感到自己仿佛在登上断头台！
如果勒内说中了，米歇尔就是告发我的混蛋，那我此刻就是赶着把头放在铡刀下！
但是不会的，米歇尔不是那个混蛋。
为报复或自尊心而告发我？不，米歇尔不是这样的人，他得是个超级大混蛋才干得出这档事！可是话说回来，他竟然一点也不关心我姐姐的安危！
他就这么弃她于悲惨的境地，所以说他仍然算是个混蛋！

他一定在想：她被捕了？运气不好，算她倒霉！幸免的人就该理所应当地逃到外省去！
去利摩日吧，你们这些走运的人！你们就在利摩日一直等着我好了！混蛋米歇尔，我会让你明白我的！
见鬼！米歇尔！

日安，警长！
您要
干什么？！
您想要什么？
先要你的枪！
我说了别动！把双手好好举着！
就这样，就像向你的主子敬礼那样！
借此机会，你也可以洗洗手！
啊，我想起来了，您是和戴
着红色贝雷帽的女孩一起从
屋顶逃跑的那位……
哟，恐惧让你变得
礼貌了！
在你的办公室里，你对我可是以“你”相称的！
说到那个女孩，你没有把她的事报告给德国人？
完全没有，我甚至把她的卷宗放到一边，
不打算管了……

是我的助理，他为了巴结德国佬，私下递交了卷宗。
那些混蛋，我希望他们没有逮捕她！
“德国佬”？“混蛋”？你称呼你的朋友们还真有一套！
他们从来都不是我的朋友！我不得不为他们做些事，但这不是心甘情愿的，我愿意尽一切力量反抗他们！
只要我有机会协助抵抗运动，我一定会去做……
哈，这么说现在你是抵抗运动一员喽？
您言重了，我只希望能助他们一臂之力……
CAFE
好，这很不错！
米歇尔在突袭围剿中被捕了！
我这方面有进展。你还记得那个警长吗？
你不会指望他帮助我们吧？
正是。毫无疑问，他是个一流的混蛋，但就因为这样，他得多做些事来赎罪……
他不会放过这个机会。

① 沙蒂永（Châtillon），位于巴黎西南方的一个镇，离巴黎市区约7千米。

好的！
小姐，能看一下证件吗？
没有吗？
怎么找不到了，我确定带着的……我大概把它们落在……
把她带走！
不，等等，这太荒唐了……
而且我得帮于盖特的忙，她马上就要分娩了！
我们才不管！你没有证件就得跟我们走！
先生们，先生们，等一下……
你们不能这么做！
我在苏联前线把蛋都冻僵了，可不是为了在第一次休假时让人冒犯我的未婚妻！
对不起，我们不知道。
那现在你知道了！不过你可能也想看看我的证件？
不，不，你说笑呢。
对，我是在说笑。
来，亲爱的，他们有要事，我们别再打扰他们了。

好了，他们下船了！
不管怎样，谢谢。
这么说来，你没有证件？
有，但是我……它们应该在我的舱室。
把我当傻瓜吗？我知道你在潜逃！
我向您保证，我……
闭嘴！
我一开始就看穿了你的鬼把戏！你在民兵面前吓得要死！
你不知道这让我有多快活，一个颤抖着的说谎者，因为恐惧而沁出汗水！准备为你的谎言赎罪吧。
哦，小姐发脾气了！
你想玩玩吗？你可真招我喜欢啊，让我们俩好好享受一番吧！可是为什么你要发抖呢，你不是拿着枪吗？
啊，你在对自己说：“搞错了吧，我有了枪，怎么倒比之前更害怕了！”对吗？

你还在等什么？快，开枪！
来，放手，我给你行个方便！
首先你得在枪管里放一粒子弹，我亲爱的……
好了，拿着，
上好膛了。
你会发现，对人开枪不是那么容易的，即使是对我这样的混蛋！
相信我，
这活不适合
你……
不过你有道理，总得试试。
这样吧，我们来玩个游戏，你会喜欢的……
我会静静地吸一支烟，
这就是我给你用来杀死我的时间！

但是如果你到我摁熄烟头之时还没有扣扳机，我就要对你做我想做的事了！你看，这个小游戏很令人兴奋吧。
这可能是我最后一支。
不，你也不相信……如果你扣动扳机，你可以想象你将把你的朋友们置于怎样的险境。
这真是感谢他们把你藏起来的好方式……
勒内和于盖特会被枪毙！而且是在受尽折磨之后，说不定还要在他们的小鬼面前！那些人看起来非常喜欢这么做。
啊，到时你可以对自己说：“我干得真不错！”

不过我们还没到那个地步！我知道你会揽起责任，
避免这种烂事发生，因为你欠他们人情。
你知道我说的有道理，不是吗？
看，你把头低下了。
来，把枪轻轻放下……现在，
我们玩些别的……
你没听到一声枪响吗？

小姐这一枪真准！
哦，见鬼！
我的老天啊！
发生什么了？
发生什么了！她打死了德国佬，
她认为除此之外别无选择！
耶稣基督啊，这不可能！
他们怎么就闹到这个
地步了？
于盖特，闭嘴！
请你闭嘴！

快开船，我们不能停在这里，村里可能有人听到了枪声！
啊，弗朗索瓦，你来得正好，你的朋友闯祸了！
让娜？
让娜，你还好吗？
平静下来……好了，平静下来……
你没有选择！
啊，干得好啊，真是好极了！我们现在怎么办？
她得想办法让我们脱离困境……她只能去自首！
如果她不这么做，我负责去告发她！
勒内不再跟我们说话了。
我觉得比起怨你，他更怨我……
他说得对，我得去投案。
这能改变什么？从他把你藏起来开始，他就已经和你在一条船上了，勒内清楚得很！

从一个船闸到另一个船闸，我们像无头苍蝇一样逃亡。每人都在静默中暗自寻求无法企及的解决之道。
听说沙蒂永那边发生混乱了？
好像是。
不过，你们这些搞河运的总是福星高照，你们从不待在同一个地方，因此能避开所有倒霉事！
也不总是……
我以为会有风暴，谁知天空放晴了。
雨燕高飞，这是好兆头。
也不总是。
我们接下来做什么？我们不能把他就这么扔着！那么多血，太令人反胃了！
呜，真是飞来横祸！
我们目前什么也不要碰，不值得为这种蠢事担心！
不知道地板能不能擦干净……
我还是想去拖一把……
到这时候了你还拿地板的事来烦我们！天啊，你真的什么也没搞清楚！
我们就要站在行刑队面前了，而你竟然还嚷嚷着家务！

还好吗，让娜？
还好！其他人呢？
没事吧，没有人受伤吧？
啊，那些混蛋！
还好吗，于盖特？你脸色怎么这么苍白，你确定没事吗？
要是没有我这面可笑的墙……
妈的，真是死里逃生！
可惜救生艇被打得稀巴烂！去，尼古拉，去船首望一眼，瞧瞧破坏严重吗。
于盖特看上去受了惊吓！
好点吗，妈妈？
耶稣基督啊……我好担心孩子。
镇定点，尼古拉他没事！
我不是说尼古拉！
爸爸，爸爸，死人受伤了！

哦，太惨了！
于盖特，别过来。你现在这种状况可不能凑这热闹！
真可怕，他至少挨了三颗子弹，还是不同口径的枪打出来的！
见鬼，说了这不好看！
等等，这些混蛋飞机把我们从绝境里救了出来……
对，我们又不是一定要说他在英国人攻击之前就死了！
啊，他们知道船上有一个德国人吗？这就是他们攻击我们的原因？
不过他们真是蛮不讲理，说不定会伤了谁！
听着，闭嘴！坐在这儿，然后闭上嘴！

尼古拉，快去船闸那里！
就说我们遭到扫射，有一名遇难者！
我想这不需要了，看！
你们有伤员吗？
需要我帮忙吗？
对他来说，
恐怕没有什么忙
好帮了……
除了带他离开这儿。
那位夫人呢，
您确定她没事？
于盖特！
我……我觉得要生了……
我可怜的于盖特，
你老是忙上添乱！

勒内和尼古拉不愿离开于盖特，只好所有人都挤在救护车后厢。司机同意让阿尔萨斯人“坐”在他边上。
那个新生儿可真是个乐观主义者，急着在这关口来到世上。
让娜，不舒服吗？
还好。
大哭一场吧……
对了，你想听个好消息吗？
我弄到检察官的地址了！明天这个时候，我会撬开他家的门。
哦！真的？
我给你添麻烦了……
HIMALAYA
这天晚上，我懂得了判别一个小偷是否能干的方法：看他是不是不知不觉地就偷走了你的心……

HIMALAYA
HIMALAYA
现在几点了？
不知道，我的表停了
座钟上是八点二十分，
我还以为比这更晚呢……
这时候，孩子应该
已经出生了！
当他发现自己降生在这么个糟糕的星球上时……
刚出产房他就可能需要来
上一杯……
到了三岁时，他就会
和勒内一起去酒吧！
今天晚上，我保证给你
带回你姐姐的消息。
但愿如此。
还有她的男朋友，
他没准也被捕了。
有可能，他那天应该
已经到了巴黎，就是
我被捕那天。

撬进检察官家后，我会尽量找到信息。他叫什么名字？
萨尔拉，朱利安·萨尔拉。你会小心行事吧？你向我保证！
我了解我的职业。
哈！原来小偷现在也是一种职业？
这是一种使命，如果你更喜欢这么说。你知道，我们为之奋斗的事业是相同的，那就是劫富济贫，而我只是删去了中间环节！
你居然敢这么说！
坦率地说，共产主义者和我之间几乎没有什么区别。
除了一些细微之处……
哪些？
我不知道。比如说，你首先想到的是你小小的自我，而一个好的共产主义者首先想到的是他人。
不对，你这个共产主义者可不是首先想到他人，而是占着他人的位子想……
等到我们掌权，我要好好教训你！
瞧，我之前说什么来着！
你只是个以自我为中心的小贼。
不过，在这种时刻，你也很高兴身边有这么一个人吧！
好了，时间差不多了，我还有三个小时的路要赶呢。
不能迟到！你看，这是职业吧……

①《西哈诺·德·贝热拉克》（*Cyrano de Bergerac*）为法国剧作家埃德蒙·罗斯丹（Edmond Rostand）所著的一出戏剧，中国曾引进该戏剧的剧本和同名改编电影，皆译作《大鼻子情圣》。

① 布里夫，法国中南部城市布里夫拉盖亚尔德（Brive-la-Gaillarde）的简称，是连接法国南北铁路干线的重要交通枢纽，也是二战期间法国抵抗运动的大本营。

我向船员打听，从一个船闸到另一个船闸……最难的是骑自行车过来，虽然都是平地，但是路太远了！
那你去布里夫干什么？
找朱利安。
怎么？我以为是他要去巴黎和你会合。
平静一下，平静一下……到底发生了什么？
他被捕了，是吗？
不，不……是他的火车遭到了轰炸……
在布里夫的医院里……他们……他们对我说……
如果他在布里夫，他会没事的，那是家好医院。他们对你说了什么？
他们对我说……他已经没有痛苦了……
哦，老天！

你呢，让娜？说来听听。
我会给你解释的，只是这有些复杂……
我不想勉强你，不过你真的没有喝的吗？
哦，有，可怜的姐姐，抱歉！先进来吧，别待在这儿。
等等，我放一下自行车。
如果被偷了可麻烦了……
这是书店老板的。
你想喝热的还是冷的？你一定渴死了！
来，先喝一杯波尔多，它会让你好受些。
我的事简直不知道该从何说起……对了，就在六月五号晚上，有人敲我家的门……
……就这样，我遇到了勒内和于盖特……你该去睡了，我明天再讲。
不，接着说……我听着呢。
躺下后，塞西尔反而不想睡了。我们低声交谈着，就像两个小女孩一样，相互倾诉着自己的小秘密。
是朱利安救了我，如果他没出事故，我不会去布里夫，如果我当时待在巴黎，德国佬就会抓住我！我每天都想他，在入眠前……或者不如说在失眠前……
不过，130 公里的自行车旅程最终还是换来了睡眠。

塞西尔在我身后安详地睡着，而此刻我可怜的弗朗索瓦还在检察官的书房里苦苦翻找！我让他去行窃，纯粹徒劳……
不过，我相信他会在那里好好补偿自己的。如果他离开屋子时两手空空，我会很惊讶！
可恶，这不是真的！那个告发我的混蛋窃取了《西哈诺·德·贝热拉克》里的台词，而且是吉什公爵的，天哪！
“我感到无数微小的自我厌恶，这些厌恶没有汇聚成内疚，只是成为隐隐的不安！”……“不幸的是，这就是对抗黑市的代价。”这句是那个混蛋自己加的！
真是想不到，这个惊喜还不赖！

想象一下当我向弗朗索瓦讲述这个发现时的情形……他肯定会认为"西哈诺"是某种开胃酒的名字！正在这时，我听到了马达声，我觉得他回来了。
是……是您？
是的，抱歉，我知道您很失望……
弗朗索瓦在哪里？
他被逮捕了！
为什么您不说："我逮捕了他！"
我们不该相信您的。
这是谁？
一个龌龊的警察，他是来逮捕我们的！
如果我是为此而来，您觉得我会一个人吗？
关于弗朗索瓦被捕的事，我向您重申，我全不知情！是一个同事通知我的！
我不明白这是怎么回事，我明确叮嘱过他得在零点之前离开。
对，我知道，检察官会在外面吃晚饭。
他的确这么做了。
可是他在零点过二十二分在书房发现了弗朗索瓦。我有同事的报告，这简直难以置信。

如果弗朗索瓦是按这个座钟的时间，那就不奇怪了——它慢了一小时！
该死！我想起来了，这是于盖特调的，她以使用法国时间为荣！
您得把他救出来！这对于一个警长来说不会太复杂。
如果他是在法国人的监狱里，当然，我们可以帮他逃走。但这次不同，这个检察官可是个大人物，他的职责是确保国家安全。
而且他直接受德国佬的控制。我可以试着让他把弗朗索瓦转交给我们，但这恐怕不会成功的……
因为他偷看的是关于抵抗运动的卷宗！
您的弗朗索瓦，尽管他用的是法国时间，但他进的是德国人的监狱……
德国人可不会就这么放了他！
没时间可以浪费了。为了救他出来，我需要您的协助。
我该怎么做？
相信我。
这可不容易。

亲爱的警长，如果您不是为了给我送来一位新的“寄宿者”，那您这是要我为您做什么？
很简单，只是为了向您借用这里的一名囚犯。
是这样，这位女士被指控犯有谋杀罪，是个关于通奸的凄惨故事，不过全然不必您操心。
然后呢？
然后，她指控一个叫弗朗索瓦·米肖的人才是真正的凶手……
这个米肖在这里？您确定？
当然！所以，我希望您能把他借给我，就两三天……这段时间足以把这件事查清楚。
让我看看我能做什么。
会顺利解决的，他对我青眼有加。
是的，我看出来了，恭喜啊。
您的这个米肖是个危险的恐怖分子，我不能答应您，抱歉！
给我三天时间就行。

如果这个米肖是恐怖分子，那他也有可能是杀人犯！如果真是这样，这个女孩就是无辜的。
别再说了！
而且，这事不取决于我……我唯一能做的就是允许您在此审问他。
可是这个年轻的姑娘可能会因为他被送上断头台……就把他借给我短短两天吧。
我再说一遍，这不可能！
我不陪你过去了，他就在楼梯对面的牢房，好好告诉他我们会竭尽所能救他出来！
来，我把手铐给你打开！
弗朗索瓦！

让娜！你在这里做什么？
他们也逮捕了你？
没有，别担心！
这是警长的计谋，我们会
救你出去的！
他们对你做了什么？
那些混蛋！
别看我！让我保留最
后一点尊严吧……
可怜的弗朗索瓦，
我们会想办法让你
转狱的！
坚持住，我的弗
朗索瓦，坚持住！
太晚了……今天晚上就
有发往德国的车，恐怕我
得踏上旅途了。
哦，不！
可怜的弗朗索瓦，这
一切都是因为我……
我不应该叫你去
偷东西的。

自从认识你以来，你一直不遗余力地帮助我，
而我，我却使你不幸！都是我的错……
不！正相反……
你在说什么？
“我可能就如吉什公爵那样，在进入坟墓前夕，‘感到无数微小的自我厌恶，这些厌恶没有汇聚成内疚，只是成为隐隐的不安’。不幸的是，这就是对抗黑市的代价……”
是……是你！
你记得我在屋顶上提过的小秘密吗？这就是我的小秘密：以涉嫌黑市买卖告发他人，这样一来，警察就会拘留他们一两天……
这种伎俩让我可以安心完成我想做的事。
当我从你的证件上看到了你的地址和姓名时，
我明白了我在前一天告发的正是你！

我没有想到你参加抵抗运动，更没有想到他们在你的床下发现了枪支！
是我使你陷入危险的境地，让娜！
你看，现在是我没脸面对你……
闭嘴……我们会救你出去的，弗朗索瓦……
就这一次是我为了崇高的事业而盗窃，结果事情就变糟了！我或许应该先以涉嫌黑市买卖告发检察官……
我们会把你救出来的，我向你保证！
来，现在必须离开了。
让娜，不能在这里磨蹭太长时间，否则他们会把我们也关起来！

别慌，德国佬正在撤离，权力会回到我手里，到时我会帮他转狱！
再等等，他还没被送往德国！
而且现在到处都在轰炸，我怀疑还有多少火车能上路。

① 法国内政部队（French Forces of the Interior）是1944年2月由抵抗运动的各种军事力量集结而成的军队，在戴高乐将军的领导下抗击法西斯，当年10月被并入法国正规军。

① 盖雷（Guéret），法国中部城市，克勒兹省（Creuse）的首府。

今天早晨。组织里一个朋友告诉我你在这儿工作，我就直接过来了。
你记得我们最后一次相见的情形吗？那是在地铁站台……看到我被抓，你显得那么痛苦……
不可思议的是，正是你那时的眼神让我在集中营挺了过来。对我来说，它意味着你还爱着我，为此我不能崩溃。
可是，刚才你进来时看我的眼神却与此完全相反……
对不起，其实……
没关系，说吧。
你想吃些什么吗？
我已经一个多月没再见到米歇尔了，而且不幸的是，我完全没有弗朗索瓦的消息。警长想尽办法让我放心，说弗朗索瓦最终一定能越狱或者被释放……
他言之凿凿，与他本人的可信度成反比。日子一天天过去，只剩于盖特还会大着胆子说起些乐观的可能性……

亲爱的塞西尔，已经十一月底了，还是一直没有弗朗索瓦的消息！这个冬天看来会比过往的更加难熬。
我的夜晚都是在勒内和于盖特家度过的。在他们屋子正中有一只烧木头的好炉子，它很满意我们喂给它的东西，当然我们也是。
此刻，它吃的是用早已失效的宣传通告做的纸砖……
那些宣传通告上面有什么？
我们"好元首"的头像！此刻他想"献身"法国来减轻他的罪孽。
嗯，这一点他倒是做到了！
显然，警长，您为迎新欢烧了旧爱！
亲爱的让娜，我开始了在孤儿院第九个星期的生活。我以为是我在帮助这些孩子，但实际上是他们让我重燃生活的希望。
他们沉默地忍受着痛苦，又高声而忘我地游戏打闹。和他们在毯子下压抑的抽泣相比，他们奔跑时快乐的叫喊和打雪仗时气喘吁吁的笑声，更使我眼中泪水充盈！
在这方面，我有些进步。看着朱利安的照片，我可以不再痛哭流泪；提到他时，我能够说出完整的句子……

亲爱的塞西尔，我的心情掉落谷底！我甚至不去勒内家消磨夜晚的时光了。在上一封信中，你提到孩儿们快乐地在雪中游戏。这里也下雪了，却是悲惨的雪，它无情地撒在排队等着用配给证购买食物和衣物的人们头上……
我蜷缩在床上给你写信，裹着三件粗毛线衫，即使它们没能让我暖和，至少也能稍微抵挡一下寒冷——靠近窗户处只有零下四度！德国多少度呢？
昨天，在药店，一个过去的囚犯提起他曾经在工地上遇到过被关押在集中营的犯人。说到那些人的境遇时，他闭上了嘴，直到干咳刺破沉默，激动的情绪使他的手不住颤抖，以至于无法拿起零钱……有什么希望再见到弗朗索瓦呢？
亲爱的塞西尔，每种生活必需品都有自己的配给证和可再生票……

全书完

HIMALAYA